POESÍA Y ALEGRÍA

LIBRITO DE CUENTOS EN VERSO

MACMILLAN/McGRAW-HILL SCHOOL PUBLISHING COMPANY

NEW YORK   CHICAGO   COLUMBUS

ACKNOWLEDGMENTS

"Don Crispín" and "Barco en el puerto" from CUENTA QUE TE CUENTO by María de la Luz Uribe. © María de la Luz Uribe, 1979. © Editorial Juventud, Barcelona, 1979. Used by permission of the publisher.

"Cuento tonto de la jirafita que no tenía bufanda" from CUENTOS TONTOS PARA NIÑOS LISTOS by Ángela Figuera Aymerich. © 1985, Editorial Trillas, S.A. de C.V. Used by permission of the publisher.

"Los perros embajadores" from TINKE TINKE by Elsa Isabel Bornemann. © 1977 by Editorial PLUS ULTRA. Reprinted by permission of the publisher.

"En el fondo del jardín" (originally titled "Se me ha perdido una niña") from POESÍA INFANTIL by Elsa Isabel Bornemann. © by Editorial Latina, S.C.A. Used by permission of the publisher.

DESIGN: The Hampton-Brown Company

COVER DESIGN: Katherine Tillotson
COVER ILLUSTRATION: Katherine Tillotson

ILLUSTRATION CREDITS
Katherine Tillotson, 1,3; Susan Melrath, 4-9; Susan Swan, 10-15; Vicens Vives, 10-15 (border map); Joe Boddy, 16-21; Roger Chouinard, 22-25; Michelle Noisette, 26-33; Jennifer Hewitson, 34-39.

PHOTOGRAPHY CREDITS
Grant Huntington, 26-33.

Macmillan/McGraw-Hill School Division
10 Union Square East
New York, New York 10003

Printed in the United States of America
ISBN 0-02-177951-1 / 1, L.4-5
1 2 3 4 5 6 7 8 9 BCM 99 98 97 96 95 94 93 92

CONTENIDO

En el fondo del jardín

—Se me ha perdido una niña.
Cataplín, cataplín, cataplero.
Se me ha perdido una niña,
en el fondo del jardín.

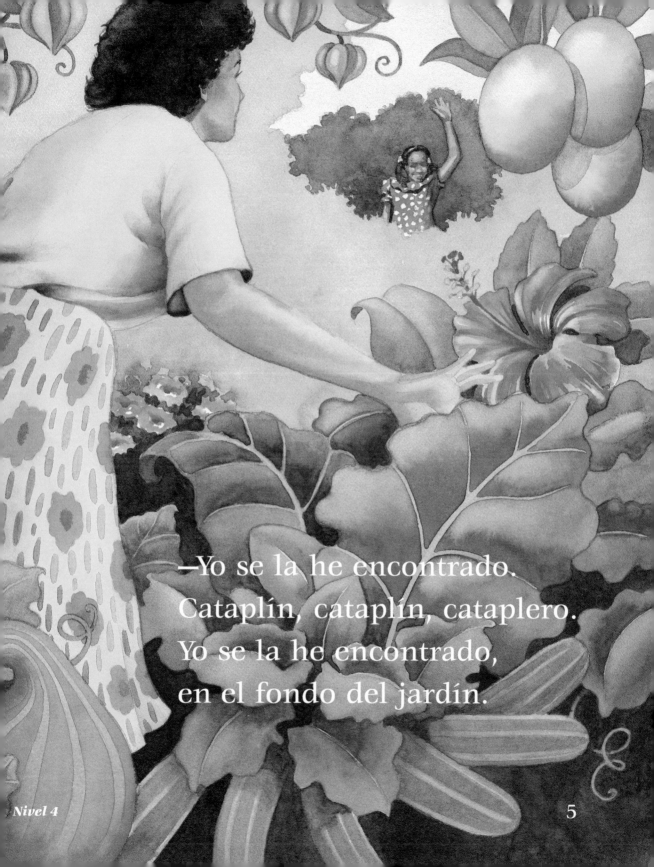

—Yo se la he encontrado.
Cataplín, cataplín, cataplero.
Yo se la he encontrado,
en el fondo del jardín.

—Haga el favor de entregarla.
Cataplín, cataplín, cataplero.
Haga el favor de entregarla
desde el fondo del jardín.

6

—¿En qué quiere que la traiga?
Cataplín, cataplín, cataplero.
¿En qué quiere que la traiga
desde el fondo del jardín?

—Tráigamela en sillita.
Cataplín, cataplín, cataplero.
Tráigamela en sillita
desde el fondo del jardín.

—Aquí se la traigo en sillita.
Cataplín, cataplín, cataplero.
Aquí se la traigo en sillita
desde el fondo del jardín.

—Tradicional

BARCO EN EL PUERTO

Corría el aire, corría,
del mar al puerto.
Y un barco azul navegaba
en el mar abierto.

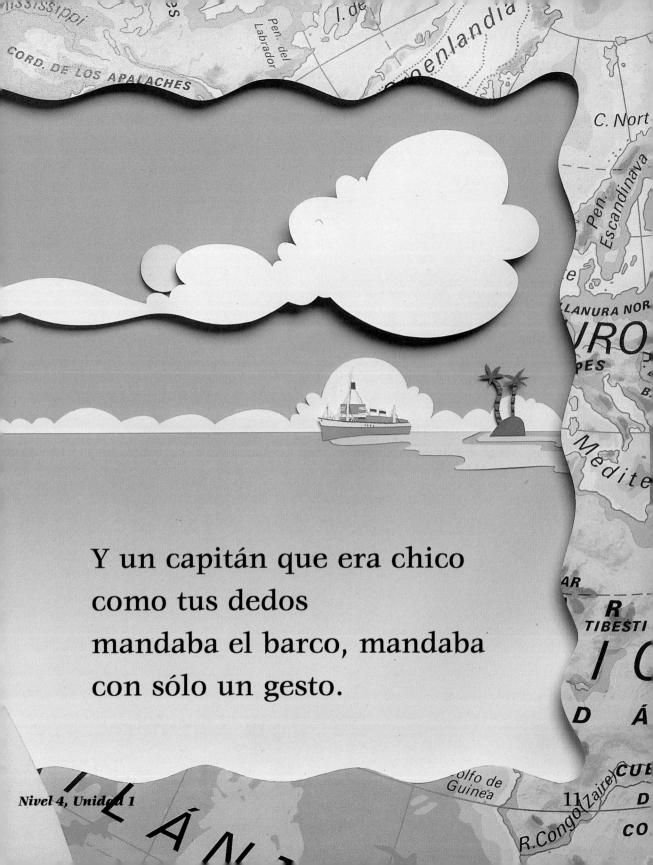

Y un capitán que era chico
como tus dedos
mandaba el barco, mandaba
con sólo un gesto.

Crecía el barco, crecía
llegando al puerto.
Y el capitán ordenaba
a sus marineros.

12

Y todos, que eran pequeños
como tus dedos,
todos habían crecido
llegando al puerto.

Cantaban todos, cantaban
los marineros.
Y era grande el capitán,
y el barco, inmenso.

Porque todo lo que chico
se ve de lejos,
llega a ser grande de cerca;
barco en el puerto.

—María de la Luz Uribe

Los perros embajadores

A la República Perruna
llegan diez embajadores.
Las perras de las tribunas
tiran huesos de colores.

Los recibe el Presidente
(que es un perro pequinés),
aunque es chino hasta los dientes,
ladra un poco de francés.

16

Un perrito ovejero,
muy vestido de etiqueta,
trae, como cocinero,
una bandeja repleta.

Helados de todos gustos
sobre su bandeja carga,
y lo tapa todo, justo,
con sus orejitas largas.

—Guau . . . guau . . . guau . . .
Señores invitados
Guau . . . guau . . . guau
¿Quieren servirse helado?

—Oui, oui, oui . . .
—dice con elegancia,
—Guau, guau, guau . . .
—embajador de Francia.

18

—Sí, sí, sí . . .

—contesta el perro criollo.

—Yes, yes, yes . . .

—repite un galgo inglés.

—Ja, ja, ja . . .

—responde Fräulein Tania.

—Guau, guau, guau . . .

—caniche de Alemania.

Ladra alegre el cocinero:
—Señores, como este helado,
tan rico, en el mundo entero
nunca jamás han probado.

Mas, cuando los invitados
se acercan a la bandeja . . .
¡ha derretido el helado
el calor de sus orejas!

—Elsa Isabel Bornemann

Don Crispín

Don Crispín es bailarín
cantarín y saltarín;
flaco como un tallarín,
y usa un pelu-peluquín.

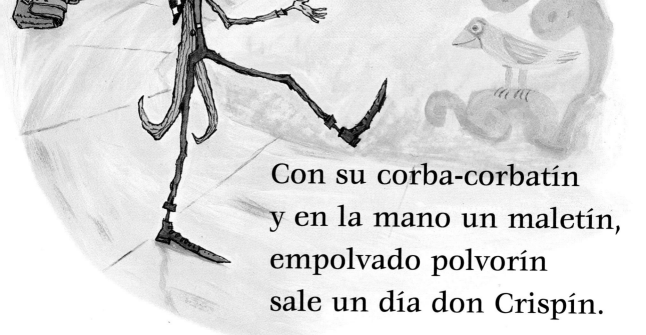

Con su corba-corbatín
y en la mano un maletín,
empolvado polvorín
sale un día don Crispín.

22

A la plaza de Quintín
llega alegre don Crispín;
abre el male-maletín,
saca un calce-calcetín.

Llena el calce-calcetín
de ase-de ase-de aserrín;
le pone su peluquín
y es un muñe-muñequín.

En un bala-balancín
ha sentado al muñequín;
a su frente, don Crispín
toca el vio-vio-vio violín.

"Rin-tin-tin" hace el violín;
sube y baja don Crispín;
y el muñeco colorín
baja y sube: "Rin-tin-tin".

Pasa un vola-volantín
y a él se engancha don Crispín;
cuelga el muñe-muñequín,
el maletín y el violín . . .

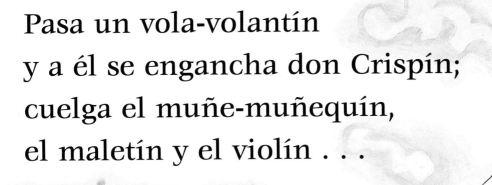

Y así vuela don Crispín,
el muñeco, el muñequín,
su maletín, su violín,
y vuela sin fin, sin fin.

Fin.

—María de la Luz Uribe

¿De veras lo viste?

—Prima, prima, ¿cuándo has venido?
—Primo, primo, esta mañana.

—Prima, prima, ¿qué me has traído?
—Primo, primo, un telescopio.

—Prima, prima ¿qué estás mirando?
—Primo, primo, un elefante.

—Prima, prima, ¿qué está haciendo?
—Primo, primo, salsa picante.

28

—Prima, prima, ¿qué ves ahora?
—Primo, primo, un orangután.

—Prima, prima, ¿qué está haciendo?
—Primo, primo, baila el can-can.

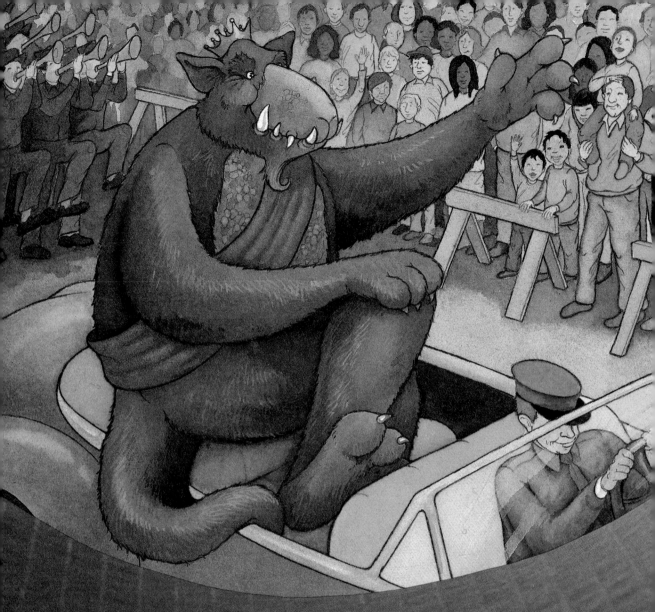

—Prima, prima, ¿qué ves ahora?
—Primo, primo, un monstruo
horrible.

—Prima, prima, ¿qué está haciendo?

—Primo, primo, va en un desfile.

—Prima, prima, ¿de veras lo viste?

—Primo, primo, ¿no me creíste?

—Lada Josefa Kratky

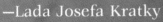

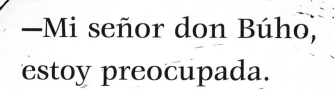

—Mi señor don Búho,
estoy preocupada.

—Dígame sus cuitas
mi doña Jirafa.

—Se acerca el invierno,
vendrán las heladas
y mi jirafita
no tiene bufanda.

34

QUE NO TENÍA BUFANDA

—Cómprele usted una.

—Y ¿dónde encontrarla?
¿No ve que mi hijita
es tan cuellilarga? . . .
Por más que he buscado
ninguna le alcanza . . .

—Sí que es un problema . . .

—Me tiene apurada.
¡Es usted tan sabio!
Si usted me ayudara . . .

—Déjeme que piense.

Don Búho se calla,
baja la cabeza

y, con una pata,
se rasca el cogote.

Luego, la levanta
y se queda quieto,
fija la mirada:
sus enormes ojos
son como dos ascuas.

—¡Ea! Ya lo tengo:
hay que fabricarla.

36

—¿Cómo, cuándo, dónde?
Y, ¿habrá quién lo haga?

—Calma, amiga mía,
un poco de calma . . .
Todo va a arreglarse,
tenga usted esperanza.
Mire, le aseguro
que, en tal circunstancia,
la amistosa oveja
cederá su lana;
hilará el gusano;
tejerá la araña.

Y las cosas fueron
como se esperaba:
la amistosa oveja
entregó su lana,
luego hiló el gusano
y tejió la araña.

38

Cuando invierno puso
nieve en las montañas
y en cristales fríos
convirtió las charcas,

Jirafita chica
va muy de mañana
para su colegio
anda que te anda . . .

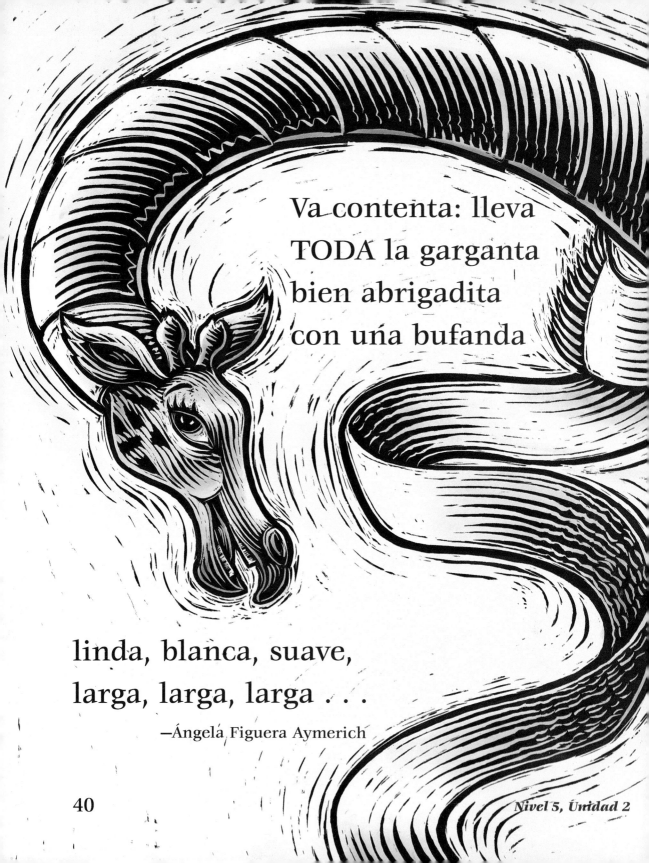

Va contenta: lleva
TODA la garganta
bien abrigadita
con una bufanda

linda, blanca, suave,
larga, larga, larga . . .

—Ángela Figuera Aymerich